ハンチバック

Saou Ichikawa
市川沙央

文藝春秋

ハンチバック

<head>
<title>『都内最大級のハプバに潜入したら港区女子と即ハメ３Ｐできた話（前編）』
</title>
<div>渋谷駅から徒歩10分。</div>
<div>一輪のバラが傾く看板を目印にオレは欲望の城へと辿り着いた。</div>
<div>どうも、ライターのミキオです。今回は、ハプニングバーの超有名店「×××××」に潜入取材してまいりました。ではさっそくレッツゴー。</div>

<div>ペアーズでマッチングしたワセジョのSちゃんと肩を並べて入店。（待ち合わせ場所に先に着いていたSちゃん、ニコッと笑った顔が在京キー局の最初から完成された新人美人アナみたいで可愛い。黒いタートルネックニットに包まれた胸はEカップ！）</div>
<div>実はミキオ、会員証を既に持っています。（ライター転身前に常連でした）</div>
<div>「×××××」は3フロアあり、1階はフロントとロッカールーム、2階がバーラウンジ、3階がプレイルーム。午後8時の店内バーラウンジはいいカンジに賑わっていました。男女比7：3ほど。</div>
<div>「×××××」のルールで、バーラウンジでは服を脱ぐのもお触りも禁止です。でもキスはOK。オレとSちゃんがボックス席で仲良くモヒートを飲んでいると、「相席いいですか」と同じモヒート飲みのカップルが。</div>

<div>自称32歳の体育会系商社マン、Sちゃんがワセジョと知るや同じ早稲田政経出身をカミングアウトして盛り上がり、その勢いでSちゃんと濃厚キスをおっぱじめます。ハプバ慣れてるな？　……ちなみにミキオは駅弁大学出身ですよお（^^;
</div>

<div>じゃあプレイルームに行っちゃう？　ということで、3階へ。店員さんから許可をもらって、運良く空いていた部屋に4人で入室。</div>

<div>商社マンのツレ、港区女子のYちゃん26歳はハプバは初めてだそう。でも高校時代に5Pまでは経験アリとか。どんな高校生活だよ！　床に真っ赤なマットが敷き詰められたプレイルームは一面がガラス張りになっており、リモコンでスモークガラスに変わる高級仕様。曇ったガラスの外にわらわらとタカる地蔵どもの気配を感じながら、まずはYちゃんにフェラしてもらう。あ、気持ちいい。さすが5P経験者はフェラがウマい。先走りをごっくんしてもらったところで攻守交代。オレ

は着衣が性癖なので背後からYちゃんのブラウスの中身を揉みしだいて、耳の穴をねろねろと責める。</div>
<div>一方、Sちゃんはスモークガラスに立ったまま凭《もた》れて商社マンにEカップの胸を吸われていました。口元までずり上げられた黒ニットの中でくぐもる喘ぎ声が淫靡で可愛い。こぼれたEカップは梨のように白く張りツヤがあってさすがの21歳女子大生！　しかも全然垂れてない美乳な巨乳です！</div>
<div>オレの腕の中で26歳のYちゃんが敗北感からくる含羞に頬を赤くして俯いたのもむべなるかな。実は巨乳が苦手なミキオは、ちょっと垂れ気味な平均サイズのYちゃんの胸がどストライクだったんですけどね。そんなYちゃんに劣情を誘われたミキオ。ショーツに手を入れてアソコをなぞると既に濡れ濡れなYちゃん。「入れてもいい？」と耳元で訊くと「うん♡」と快諾してくれました。ちょうどいいタイミングで天井からパラパラと降ってきたコンドームのパケを摑み、一回戦開始。

正常位で突き上げたらYちゃんはマツケンサンバのケンさんの語尾がエキセントリックに裏返るところみたいな声で喘ぎはじめた。スモークガラスに手を突かせて立ちバックでSちゃんを何度もイかせている商社マンを横目に見ながら、踊り狂うサンバには観客が必要だ、と俺はリモコンに手を伸ばす。一瞬でクリアになったガラスの向こうには片手を忙しくする地蔵たちが群れをなしていた——。</div>

保存したWordPressのテキスト打ち込み画面を閉じ、私は両手で持っていたiPad miniを腹のタオルケットの上に置く。集中して最後まで書ききってしまう間に気道に痰が溜まって人工呼吸器《トリロジー》のアラームがピッポポパピペポと小煩《こうるさ》く鳴っていた。ホースを通って寄せて返す空気でかれこれ20分くらい攪拌され泡立った痰に、吸引カテーテルを突っ込んでじゅうじゅうと吸い出し、呼吸器のホースのコネクタを気管カニューレに嵌めると、私は枕元からiPhoneを取ってビジネス用のチャットアプリを開く。

――ハプバ記事「×××××」前編を納品しました。フィードバックお願いします。

奥から湧いてきた痰をふたたび吸引して取りきると脳に酸素が行き渡って気持ちが、いい。

――ありがとうございます。引き続き（後編）と、それからナンパスポット20選福岡編と長崎編を週末までにお願いできますでしょうか？

――OKです。３記事とも土曜までに納品します。

iPad mini を持ってもう一度 WordPress にログインし、編集部がテンプレートにタイトルだけ入れて作成してある記事の中から福岡編と書かれたエントリをタップ。ここから編集権限が Buddha に移る。Buddha は私のアカウント名だ。私は29年前から涅槃に生きている。成長期に育ちきれない筋肉が心肺機能において正常値の酸素飽和度を維持しなくなり、地元中学の２年２組の教室の窓際で朦朧と意識を失った時からずっと。

歩道に靴底を引き摺って歩くことをしなくなって、もうすぐ30年になる。

壁の時計は正午を窺《うかが》っていた。膀胱を意識すると尿意を感じたので、面倒だが仕方なくトイレに起きる。涅槃のお釈迦様だってたまには立って歩くだろう。カニューレのカフから注射器《シリンジ》で空気を抜き、呼吸器のコネクタを外し、アラームが鳴る前に電源を切る。

右肺を押し潰すかたちで極度に湾曲したS字の背骨が、世界の右側と左側に独特な意味を与える。ベッドは左側からしか降りられない。寄りかかるのは右側が楽で、だが右を見ようとしても首が回らず、テレビは左前方にしか置かない。冷蔵庫の上段にも下段にも右手しか伸ばせない。左足は爪先だけが床につく。だから跛行《はこう》にも程があるといった歩き方になり、気を抜くとドアの左の桟に頭が激突した。

「――」

今朝も気を抜いて頭を打ったが、悲鳴のための空気は声帯に届く前に、気管切開口にカニューレを嵌めた気道からすうすうと漏れるだけだ。

トイレから戻って呼吸器を着ける。iPhone の方で Twitter の個人アカを表示し、〈ハプニングバーで天井からコンドーム降らすバイトやってみたい〉とツイートした。特に誰からもいいねは付かない零細アカウントだ。寝たきり同然の重度障害者女性が年がら年中〈生まれ変わったら高級娼婦になりたい〉とか呟いているアカウントなんてそりゃ皆んな反応に困るよな。

〈マックのバイトがしてみたかった〉〈高校生活がしてみたかった〉〈高身長美男美女でブラックカード持ちの両親の元に生まれた165センチの私は健常者だったら天下取れたのに（何の天下だよ）〉〈生まれも育ちも神奈川県だけど東京には数えるほどしか行ったことがない（町田を除く）〉〈自動改札機が普及する前に歩けなくなったので鋏《はさみ》で切符切る改札しか知らない〉〈新幹線も乗ったことないけど子どもの

頃の海外旅行はいつもビジネスクラスだった〉

午後1時に玄関から入ってきたヘルパーが食事を用意し、私は本格的に呼吸器から離れて起床する。ワンルームマンションを一棟丸ごと改造した施設、グループホーム・イングルサイドは、両親が私に遺した終の住処だ。十畳ほどの部屋と、キッチン・トイレ・バスルームが私の足で行ったり来たりするスペースのすべて。365日、ほかに私が通うところもなければ、ヘルパーとケアマネと訪問医スタッフと呼吸器レンタルの業者以外は訪ねてくる者もない。西向きの掃き出し窓から晴れた日は富士の頂がかすかに見えるけれど、西は右にあるから首が回らない。バルーンシェードの降りる出窓を背にしたワイドデスクの奥を定位置に、午後は座ったきりの生活を送る。正面の壁に50インチのテレビが据えてあって、しかし滅多に私はそれを点けず、隣の入居者の部屋から壁越し聞こえるテレビの音に時々耳をそばだてた。午後2時頃の隣人はいつもNetflixでトップ10入りしているような韓国ドラマを観ているらしい。

喉のど真ん中に穴を開ければ原理的に鼻口で呼吸するより負荷が下がると、14の私に病棟主治医は説明した。以来、私が人工呼吸器を必要とするのは仰臥時のみだった。「ミオチュブラー・ミオパチーは進行性じゃないからね」が両親のお題目だった。——ありがたそうに唱えているばかりで、内容・実質のない主張、と大辞林の【御題目】の項にはある。何しろ遺伝子エラーで筋肉の設計図そのものが間違っているのだから、劇的な進行がないと言ったって、維持も成長も老化も健常者と同じようにはいかない。

曲がった首に負荷のかかりにくい姿勢をつくるために椅子の上で両脚をパズルのように折り畳んで、デスクの左側のノートパソコンを起動させる。3年前から在籍する某有名私大の通信課程は、オンデマンド動画を試聴したあと30人弱のクラスメイトとフォーラム討論をして1コマ分の出席点になる。通信大学は二つめだった。

私は中卒だから一つめの大学は高卒資格なしでも事前に単位を取れば入れる特修生制度のあるところに潜り込んだ。学歴ロンダリングと自ら嗤《わら》いながら通信大学のハシゴをしているわけだが、私にとって社会的なつながりと言える場はコタツ記事ライターのバイトを除けばここにしかなく、世の中に一言で通用する肩書き、例えばプルダウンから選ぶご職業の欄に設定された選択肢、つまり会社員とか主婦とかになれない私は、40を過ぎても大学生の3文字にお金を払ってしがみついていた。

首に負荷をかけない姿勢は腰に負荷をかけるので、30分経つと足を下ろして腰を宥《なだ》める姿勢に移る。また30分もすれば首が痺れてくるから両脚を所定の位置に折り畳む。そうしている内にも重力は私のS字にたわんだ背骨をもっと押し潰そうとしてくる。硬いプラスチックの矯正コルセットに胴体を閉じ込めて重力に抵抗している身体の中で、湾曲した背骨とコルセットの間に挟まれた心臓と肺は常に窮屈な思いをパルスオキシメーターの数値に吐露した。息苦しい世の中になった、というヤフコメ民や文化人の嘆きを目にするたび私は「本当の息苦しさも知らない癖に」と思う。こいつらは30年前のパルスオキシメーターがどんな形状だったかも知らない癖に。

遅いブランチを消化して頭がクリアになってきた頃、私はMoodle上でメディア・コミュニケーション科目のフォーラムを開き、課題に答える意見を書き込んでいった。

〈考えてみれば、あらゆる活字には書き手がいる——通販カタログの商品説明の欄や写真のキャプション、住宅・求人情報のチラシの文章も、必ずそれを書く誰かがいて、対価が発生しているんですよね。クラウドソーシングに登録してライティングのバイトをするようになって私はそれを今さら認識しました。検索汚染が問題化して久しいいわゆるコタツ記事と呼ばれるSEO系WEBメディア記事のライターの対価は1文字0・2円〜2円くらい。コタツ記事というのは、取材をせず、ほとんどネット上の情報のつぎはぎで粗製濫造されたPV稼ぎの記事をいいます。私が雇われているWEBメディアでは、男性向けは風俗店体験談やナンパスポット20選といった記事＋マッチングアプリの広告の組み合わせ、女性向けは圧倒的に復縁神社20選＋電話占いの広告が貼られた記事が人気です。どれだけ復縁ニーズがあるんだよ別れた恋人なんか諦めなよという感じですが……。1記事3000円貰えるので、介護や子育て中の方、私のような重度障害者など、家から出られない人たちにとっては良いバイトです。私はお金目的ではないので、いかがわしい記事で稼いだ収入は全額、居場所のない少女を保護する子どもシェルターやフードバンクやあしながら育英会に寄付していますけど。〉

ふりかけさえあればお米が食べられるなどと、いじましいリクエスト理由がフードバンクのウィッシュリストに書いてあったから、Amazonからせっせとふりかけを送りつづける日々だ。グループホームの味気ない給食にもふりかけは欠かせないので、お金があってもなくてもふりかけの救世主みは変わらない。

　このグループホームの土地建物は私が所有していて、他にも数棟のマンションから管理会社を通して家賃収入があった。親から相続した億単位の現金資産はあちこちの銀行に手付かずで残っている。私には相続人がいないため、死後は全て国庫行きになる。障害を持つ子のために親が頑張って財産を残し、子が係累なく死んで全て国庫行きになるパターンはよく聞く。生産性のない障害者に社会保障を食われることが気に入らない人々もそれを知れば多少なりと溜飲を下げてくれるのではないか？

　トイレに行ってインスタントコーヒーを作って戻ってきた私は酸素飽和度が97に戻るのを待ってからiPhoneを手にする。

〈中絶がしてみたい〉

　暫く考えてみて、そのツイートは下書き保存する。私はノートパソコンのブラウザからEvernoteを開く。炎上しそうな思いつきは取り敢えずここに吐き出して冷却期間を置くのだ。

〈妊娠と中絶がしてみたい〉

〈私の曲がった身体の中で胎児は上手く育たないだろう〉

〈出産にも耐えられないだろう〉

〈もちろん育児も無理である〉

〈でもたぶん妊娠と中絶までなら普通にできる。生殖機能に問題はないから〉

〈だから妊娠と中絶はしてみたい〉

〈普通の人間の女のように子どもを宿して中絶するのが私の夢です〉


COVID-19が猛り狂っている時期は個室に引きこもるが、せっかく改装費をかけた設備を活用しないのも開設者の娘として無責任な気がして、夕食は2階の食堂に降りてくることにしている。ヤマハの電動ユニットを付けた車椅子には外出用の吸引器《OB-Mini》を常時積んであった。人工呼吸器から離れている間も、痰を引く吸引器は片時も手放せない。気管カニューレというプラスチックの異物が喉に突っ込まれている限り、粘膜は勝手に戦うし、設計図を間違えている呼吸筋はまともな噴射力のある咳すらできない。

「1階の徳永さんのご家族が葡萄をいっぱい差し入れてくださいました」

ヘルパーの須崎さんが私の前に食事のトレイをサーブして言った。

巨峰とピオーネが3粒ずつ載った小皿がデザートに付いている。鯖の味噌煮とマカロニサラダとわかめのお味噌汁とごはん。部屋からふりかけを持ってくるのを忘れた。

マスクの上の両目を笑いモードにして須崎さんに頷く。――葡萄かあ、秋ですねえ、ありがとうと伝えてください、くらいの意味を一つの頷きで表す。ありがとうは後で入居者のグループＬＩＮＥにも入れるけど。

カニューレの穴を塞げば声を出せるが、喉に負担がかかって痰が増すので私は殆ど喋らない。首を縦か横に振るだけでは伝達できない事柄のみ音声言語を使う。センテンスが長くなると息切れしてしまうから、込み入った話は結局ＬＩＮＥを介することになる。

３列向こうの対角線上の席では、脊損の山之内さんがヘルパーの田中さんの介助を受けながら食事している。私はそちらに顔を向けて２回、角度をずらして会釈した。それぞれから浅い会釈が返ってくる。優秀な車の営業マンだったという50代の山之内さんはお喋りな人で、ベテランヘルパーの須崎さんを相手にとりとめもない世間話を続けていた。

「でもまあ、デジタルなんかが台頭してくる前に現役社会から放り出されて良かったのよ。パソコンなんて腕が動いた頃も打てなかったもん」

咀嚼の合間に遠慮なく声を発する山之内さんの顔の前でマカロニサラダを盛ったスプーンがさっきから浮遊待機している。

「今は車の運転席も全部タブレットですよ。あたしも息子の車借りても全くわかんない。ラジオも点けられないの」

語尾がいつもウフっとした笑いで終わる須崎さんは空気の調べを明るい長調《メジャー》にするムードメイクのベテランだ。

「でもVR？　あれはやってみたいね。メガネでどこでも好きなとこ行けるんでしょ」

「ああいいよね、あれ。釈華《しゃか》さんて、VR、やる？」

須崎さんから水を向けられた私は首を横に振った。

筐体にしろソシャゲにしろゲームに手を出して長続きしたためしがないのと、段ボールを開けて潰すのが面倒なので――。

「釈華さんの部屋、新しい機械いっぱいあるもんねえ。こないだ買ったのは本のスキャナ？　だっけ。卒論、たいへん？」

私は頷いた。――やっとテーマが固まってきたくらいですが。

「田中君もああいう機械欲しいんじゃない。いつもスマホで漫画読んでるもんね」

「休憩室で？　あら、おれにも読ませてよー。カイジとか、まだやってる？」

「読んでないです」

福本伸行を読んでいないのか休憩室で漫画をそんなに読まないのか判然としない答え方だった。30代半ばの田中さんなら、所有にこだわるよりも漫画アプリとか。待てば0円、とかいうやつかもしれない。縦スクとか？

マスク越しだが至近距離で一言喋った田中さんを山之内さんがとっさに「コロナ、コロナ」と咎めた。自分は物を噛む口でべらべら喋っているのに。

田中さんは黙ったまま、山之内さんの好みに従いスプーンに掬ったごはんを味噌汁に浸してから椀ごと口元に持っていく。

お喋り好きの山之内さんの食事介助は根気がいる。誤嚥して肺炎になられたりしても困る。とはいえここはグループホームだから、管理規則ガチガチの前時代的な施設みたいな抑圧は厳に慎まねばならない。

「でも、おれは漫画よりパチンコやりてーなあ」

「連れてってあげたいけどねえ。遊べなくても、雰囲気だけでも」

「雰囲気！　雰囲気じゃーなあ」

当事者公認の自虐的笑いどころが来た。「ま、今じゃー自分の玉《タマ》もハジけないんだからしゃーねーよな」

「やめなさい。うら若い女性の前よ、山之内さん」

「あ、ごめんねえ」

私は真面目な顔で首を少し傾げながら平然と味噌汁を飲んだ。１９７９年生まれはとっくにうら若い女性ではないにしろ、初潮が19歳だった私はまだ40代に見られる姿形を獲得していない。あるいは私の成長曲線も標準の人生からドロップアウトした時点で背骨とともにS字に湾曲しているかだ。

ひとしきり和やかな空気を醸成すると須崎さんは食堂に来ない利用者の配膳のためキッチンに引っ込んで盛り付けをした後、トレイを持って廊下に出ていく。

空気の調べが短調《マイナー》に変わり、静かになった食堂で私はさっき冷却した呟きが世の中に流して摩擦を起こさず常温を保つかどうか、考えてみる。こんな小さな食堂でも、私にとっては公共の場であり、社会だった。社会性のない呟きは、社会の空気のリズムを乱す。私の無様な跛行みたいに人々の耳目をぎょっとさせる。胎児殺しを欲望することは、56歳脊損男性の底明るい下ネタとは次元が違う。

せむし《ハンチバック》の怪物の呟きが真っ直ぐな背骨を持つ人々の呟きよりねじくれないでいら

れるわけもないのに。

皮を剝いた巨峰を首から上しか動かないおじさんの口に挿し込む若者の真っ直ぐな背中を見遣りながら、私はきれいに食べ終えた味噌煮の鯖の中骨を箸先でぼっきり折った。


デスクに広げたティッシュへデザートの葡萄6粒を掌から転がす。ノートパソコンの左横のスペースは狭く、巨峰が一つ転がってあえなく床に落ちる。デスクの奥の椅子に回り込んで座ってから、私は少しだけ思案した。

もう一枚ティッシュを取ってくしゃくしゃに丸めて開いてデスクの右半分の広いスペースに置いた。端のバッグハンガーに掛けてあるマジックハンドを手にし、床の上でしおらしく待っていた丸い巨峰を慎重につまんで持ち上げる。ぎりぎりの右手の握力でマジックハンドのレバーを保持しながら、波打つティッシュの上空へ運び、ぽとんと落とす。3秒どころか3分ほど床にいて菌まみれになったろうそれは皺々《しわしわ》のティッシュに包《くる》んで捨てた。

ワンルームマンションの部屋の中の移動であっても私はいつも綿密に行動計画を立ててから立ち上がる。吸引で引ききれない痰が途中で詰まって窒息する危険は常にあるし、痰がなくても無理して動きつづけていれば酸素飽和度は下がる。食堂から葡萄を持って帰ってこなければ動線効率上は先に寄りたかったトイレに行って、ティーバッグの緑茶をマグカップに淹れて、ゆらゆら揺れる上澄みを床にこぼしながら運ぶ。——転ばないでね、釈華ちゃん。母の声のこだまに支配されながら椅子の上で脚のパズルを完成させる。1日に3つ使うマグカップは翌日の午後にヘルパーさんが洗う。LINEに共有されたシフト表では明日の午後の担当は田中さん。月曜日と金曜日の午後は必ず須崎さんが私の担当に入るので、その他の曜日で自由度が調整されている。月・金はシャワー浴と洗髪の日だから同性のヘルパーでないとならない。同性入浴介助は両親が施設管理者に特に託した要望で、人手不足の世相は重々承知の上で、娘の尊厳をどうやってでも守ってくれという親心が込められていた。

この時間帯まで肺がクリアに感じられることは稀だ。自力で出せない痰が潰れた右肺の奥から詰まって無気肺気味になっているのが常だ。さっさと歯を磨いて人工呼吸器に繋がれば楽なのだが、ベッドに持ち込めない重さの参考文献を読み進めるノルマが消化しきれていない。コルバン『身体の歴史』によれば、20世紀初頭に「視線の犯罪化」によって見世物小屋は衰退し、入れ替わるようにハリウッドのクリーチャーが持て囃《はや》されるようになった。着ぐるみのワンクッションをおけば奇形の異様さを呵責も遠慮もなく目で楽しむことができるようになる。

厚みが3、4センチはある本を両手で押さえて没頭する読書は、他のどんな行為よりも背骨に負荷をかける。私は紙の本を憎んでいた。目が見えること、本が持てること、ページがめくれること、読書姿勢が保てること、書店へ自由に買いに行けること、――５つの健常性を満たすことを要求する読書文化のマチズモを憎んでいた。その特権性に気づかない「本好き」たちの無知な傲慢さを憎んでいた。曲がった首でかろうじて支える重い頭が頭痛を軋ませ、内臓を押し潰しながら屈曲した腰が前傾姿勢のせいで地球との綱引きに負けていく。紙の本を読むたびに私の背骨は少しずつ曲がっていくような気がする。私の背骨が曲がりはじめたのは小３の頃だ。私は教室の机に向かっていつも真っ直ぐ背筋を伸ばして座っていた。クラスの３分の１ほどの児童はノートに目をひっ付け、背中を丸めた異様な姿勢で板書を写すのだった。それなのに大学病院のリハビリテーション科でおじさんたちに囲まれながら裸に剝かれた身体に石膏包帯を巻き付けられたのは私だった。姿勢の悪い健常児の背骨はぴくりとも曲がりはしなかった。あの子たちは正しい設計図を内蔵していたからだ。

持ち家の子が殆どいない、いても工務店の子というくらいの地域。晴れた空を戦闘機の音に蓋されてしまう、名前を奪われた基地の街。金色のミニスカートの子。イルカのピアスの子。私に教祖の著書をくれた子。あの子たちがそれほど良い人生に到達できたとは思わないけれど、背骨の曲がらない正しい設計図に則った人生を送っているには違いない。ミスプリントされた設計図しか参照できない私はどうやったらあの子たちみたいになれる？　あの子たちのレベルでいい。子どもができて、堕ろして、別れて、くっ付いて、できて、産んで、別れて、くっ付いて、産んで。そういう人生の真似事でいい。

私はあの子たちの背中に追い付きたかった。産むことはできずとも、堕ろすところまでは追い付きたかった。

メラミンプレートを手にした田中さんがデスクにやってくる。私は会釈をする。プレートを手放してから「昼ごはんです」とマスクの中で言って、田中さんは洗濯機の方へ行った。

カゴを持って部屋を横切りベランダで洗濯物を干す田中さんを横目に入れながら、私は足元の簡易冷蔵庫からバターケースを取り出す。冷え固まった黄色い塊をナイフで切り出し、トーストの横に添えた。ウィンナー2本と目玉焼きと丸ごとのピクルス。昼ごはんというより朝食。実家に暮らしていた頃から生活スタイルを変えていない。ヘルパーがやっていることを以前は母がしていたというだけ。

舞い踊る埃《ほこり》と私の細長いミオパチー顔貌しか映さないテレビ画面の無為な黒色を見つめながら壁の向こうの韓国ドラマを聴いていると、田中さんがデスクの前に立つ。

「何か用は」

私は首を横に振った。

田中さんはそこに立ったまま暫く動かない。今日はもう仕事がないはずだ。夕方に洗濯物を取り込むまでは。

私は首を傾げた。

「寄付って」

不織布マスクの白い色ほどにも感情のこもらない声で田中さんが言った。田中さんは肌色もマスクに劣らぬ色白で、そのせいでもっと若い頃に量産したのだろうニキビの痕が今だ目立つ。

寄付？

ああ、午前中にスタッフのグループＬＩＮＥに書いた件かな。

――ＶＲゴーグルを、共有スペースの備品として寄付しようかと思うんです。でも操作できる人がいないと活用しにくいですよね。

そしたら施設管理者の山下マネージャが、

――田中くんならできるんじゃない？

と応答した。

全員分の既読が付いたが、田中さんは応答していない。

そのことかな？

「弱者が無理しなくてもいいんじゃないですか。金持ってるからって」

いくらか長いセンテンスが降ってきて初めて、面積を減らした半眼の両目で蔑むように見下ろされていることに気付いた。いつから？　以前から、こんな目で見られていた？

「俺も弱者ですけど。だから面倒増やさないでください」

うわあ、やべえ奴だ。と、とっさに思った。弱者男性を自認してる。もしかしたらインセルじゃん。こわ。

私の心の内側の皺が顔文字みたいにいくつかの線に寄っていって薄ら笑いを象《かたど》る。顔には出さない。

「ごめんなさい」

カニューレの空気穴を押さえて言った。

「やめておきます」

貴重な私の声を聞いて田中さんは頷くこともなく、ちらりとデスクの上の書籍用オーバーヘッドスキャナを一瞥してから、部屋を出ていった。

弱者でない人間同士ならばシナリオにはぜんぜん別の台詞が並ぶだろう。——それどうやって使うの？　——こう開いて、下に本を置いて、自動に設定すると5秒ごとにパシャ、パシャって。ページを押さえる親指は消してくれるの。——へえ、便利だね。俺も部屋のスペース殆どコミックスに占拠されてるからさあ。

ステマみたいなうそ寒い会話しか思い付かない。

う冬寒かろうが、何だろうが、会話することに意義を見出すのがコミュニケーション強者だ。知ってる。

さっきのは会話じゃなくて攻撃だったな。何で私が弱者男性に攻撃されなきゃならないんだ。いや、田中さんの言いたいことはわかるけど……。

窓越しにベランダの物干し竿を見た。整然と干されたシーツとタオルと着替え類。下着は自分で手洗いして乾燥機にかけて夜の内に仕舞うからそこにはない。私の部屋でのヘルパーの仕事は、他の重度患者と比べてかなり楽な方だ。差し込み便器もおむつも使わないし、リフト移乗も食事介助も要らない。

そのせいで距離感を誤解されているのかもしれない。

苛立ちや蔑みというものは、遥か遠く離れたものには向かないものだ。

私が紙の本に感じる憎しみもそうだ。運動能力のない私の身体がいくら疎外されていても公園の鉄棒やジャングルジムに憎しみは感じない。

プレートの昼ごはんを半分残してノートパソコンを立ち上げる。障害支援技術科目の教室授業が録画された講義動画の中で、現役通学生たちは脳性麻痺患者と筋疾患患者の入力装置のニーズの違いが全くわからない。不随意運動のある脳性麻痺患者は固定されていて程よく重いスティックがよい。寝たきりやチルトした筋疾患患者は胸の上でもどこでも自由に置けるようなタッチパッドがよい。前回も前々回も同じ説明を受けていたのに、学生たちは間違える。障害者を見たことがないらしい。

アメリカの大学ではADAに基づき、電子教科書が普及済みどころか、箱から出して視覚障害者がすぐ使える仕様の端末《リーダー》でなければ配布物として採用されない。日本では社会に障害者はいないことになっているのでそんなアグレッシブな配慮はない。本に苦しむせむし《ハンチバック》の怪物の姿など日本の健常者は想像もしたことがないのだろう。こちらは紙の本を1冊読むたび少しずつ背骨が潰れていく気がするというのに、紙の匂いが好き、とかページをめくる感触が好き、などと宣《のたま》い電子書籍を貶める健常者は呑気でいい。EテレのバリバラだったかハートネットTVだったか、よく出演されていたE原さんは読書バリアフリーを訴えてらしたけど、心臓を悪くして先日亡くなられてしまった。ヘルパーにページをめくってもらわないと読書できない紙の本の不便を彼女はせつせつと語っていた。紙の匂いが、ページをめくる感触が、左手の中で減っていく残ページの緊張感が、などと文化的な香りのする言い回しを燻《くゆ》らせていれば済む健常者は呑気でいい。出版界は健常者優位主義《マチズモ》ですよ、と私はフォーラムに書き込んだ。軟弱を気取る文化系の皆さんが蛇蝎《だかつ》の如く憎むスポーツ界のほうが、よっぽどその一隅に障害者の活躍の場を用意しているじゃないですか。出版界が障害者に今までしてきたことと言えば、1975年に文芸作家の集まりが図書館の視覚障害者向けサービスに難癖を付けて潰した、「愛のテープは違法」事件ね、ああいうのばかりじゃないですか。あれでどれだけ盲人の読書環境が停滞したかわかってるんでしょうか。フランスなどではとっくにテキストデータの提供が義務付けられているのに……。

『あっ、あんっ、ああん、あぁ、やぁっ、ぁああ……』

午後9時から午前3時まで、人工呼吸器に肺を繋いだ私はiPad miniを両手に挟んで読んだり書いたりする機械だ。ハプバ記事の後編を仕上げてから、小説投稿サイトに連載するR18小説をテキストアプリに打ち込んでいく。TL《ティーンズラブ》小説と呼称される女性向けの官能ライトノベル。スパダリ、令嬢、ナーロッパといった流行のテンプレに上手く合わせればランキングを駆け上がり出版社から声がかかる。エロは金になる、とナイスな村西とおるも言っていた。一夜にしてなれる職業は政治家と売春婦だけ、という台詞は西新宿の探偵沢崎だったたか。TL作家も似たようなものだ。Shakaのペンネームで電子書籍レーベルからリリースした10冊以上の印税は毎月細々と銀行口座に振り込まれてきて見知らぬ誰かの学費やふりかけになるためすぐさま出掛けていく。尻軽な金だ。

女のエロい喘ぎ声を文字で表現することは不可能だと断言したい。子どもの喚声より何段階も難しい。皆がその点で苦労しているようでR18の投稿サイトでは最近、あんあんの語尾に♡《ハート》マークを付ける「♡喘ぎ」という技法が勢力を増しつつある。「あああん♡あああっ♡あっ♡はぁっん♡」という具合だ。品性に欠けるので私は使わない。

♡は使わないが、あんあん言わせるのは好きだ。文字数も稼げる。

『んっ、んんぅ、いっ、あっ、あぁっ、あぁっ、ぁあん』

高齢処女重度障害者の書いた意味のないひらがなが画面の向こうの読者の「蜜壺」をひくつかせて小銭が回るエコシステム。

〈お金があって健康がないと、とても清い人生になります〉

Twitter に投稿することのなかった下書きが Evernote に埋もれている。もっと真面目な論調に変え、ディスアビリティ&クィア・スタディ科目のフォーラムに問題提起しようとして、それもやめてしまっていた。障害女性のリプロダクティブ・ヘルス&ライツ。講義で聞いた諸問題は私の人生に一つも起こらなかった。障害者施設や筋ジス病棟でまかり通る異性介助と性虐待も、視覚に障害のある女性が授かった子どもを諦めることを親や医師から勧められた話も、車椅子女性が電車の痴漢から逃げられない話も、私の実人生とはかすりもしない。女性と障害女性がパラレルであるように、障害女性と涅槃の釈華もまたパラレルである気がした。重なるようで重なり得ない。両親とお金に庇護されてきた私は不自由な身体を酷使してまで社会に出る必要がなかったから。私の心も、肌も、粘膜も、他者との摩擦を経験していない。

清い人生を自虐する代わりに吐いた思いつきの夢を私は気に入って固定ツイートにしていた。〈生まれ変わったら高級娼婦になりたい〉

金で摩擦が遠ざかった女から、摩擦で金を稼ぐ女になりたい。

濡れ場の執筆のせいで透明な糸を引くパンティライナーをトイレで貼り替えて5時間眠って目覚めると、山下マネージャからＬＩＮＥが来ていた。

——釈華さん、ごめんなさい。明日の入浴なんだけど、須崎さんが濃厚接触、浅川さんがＰＣＲ陽性になってしまいました。××小で学級閉鎖が何クラスか出てるみたいなのね。

須崎さんはお孫さんが、浅川さんはお子さんが××小だ。

——わあ。とうとう来ましたね。大変ですね。うーん。

——私が何とか出られれば出勤するつもりだけど、今日の様子だとまだ立てないんだ。

――無理しないでください。そちらも大変ですね。いや、痛いのにこっちの采配するのも大変だし、山下さんが大変。

山下マネージャはもともと持っていた腰痛が急激に悪化して1週間ほど休みを取っていた。ベッドから起き上がれないほどの痛みが続いており、座薬もほとんど効かない状態だという。グループホームの立ち上げからマネジメントを任されてきた山下さんは、私のかかりつけの大学病院の在宅訪問部に勤めていたのを両親が引き抜いた人で、保健師の資格を持っていて、年齢は私の一つ上だった。

――でもどうしようね。やっぱり男性は嫌よね。これから何とかヘルプを当たってみるけど……

イングルサイドのスタッフは、山下マネージャを入れて女性3人男性3人だ。そのほかに、夜間の痰吸引が必要な寝たきりの医療的ケア患者（私を除く）には訪問看護ステーションの看護師が派遣されてくる。

——あーでも、別にいいですよ。両親はそこ気にしていたみたいですけど、私は別に男性でも。

——えー！　でも、ちょっとねえ……。まあこんなご時世だし、有り難いといえば有難いけど……

——こんなご時世ですから、コロナに限らず人手不足がよくなる見通しないですもんね。

——ごめんねえ。引き続きヘルプ当たってはみる！　もしダメなら、金曜日は田中くんかな。

——はい、いいですよ。

——田中くんなら仕事が丁寧だから安心は安心。

——ですね。

お互いに（腰痛）お大事にと（勉強）頑張ってのスタンプをいくつも送り合って

トークを終了した。

仕事が丁寧、という評価に異論はない。ただ、文脈的にどうなんだ。私の身体を丁寧に洗われてしまうのか？

洗わなければ仕事にならない。

仕事をしてもらう。それだけの話だ。

ＬＩＮＥアプリを閉じた親指で青地に白抜きの鳥のアプリを開き、下書き保存してあったツイートの投稿ボタンを押した。

他のデバイスと同期している白地に緑の象のアプリを開いて、塩漬けにしてあった胎児殺しの欲望を全文コピペし、細切れのツリーにして連投する。〈普通の人間の女のように子どもを宿して中絶するのが私の夢です〉普通の女の普通の生活から遠ざかるコマンドを許可した指で普通の人間になる夢を語るギャップの面白さに一人で笑った。そもそも私の呟きなんて誰も読んでいないから炎上なんてするわけがないのだ。

午後になって今日の担当の西さんが「コロナまだまだこわいすねえ」と言いながら昼ごはんを用意しに入ってきた。61歳の西さんは自身が週3回の透析が必要な腎臓病患者でもあるから、余計に怖いだろう。私も怖い。

「これ来てました」

デスクにAmazonの封筒が置かれた。既に起床してデスクの椅子に座っていた私は、親指と人差し指でそれをつまんで床に立てかける。マケプレの古書出品しかなかった寺山修司『畸形のシンボリズム』。私は母親譲りの潔癖症が酷くて古本に触って平気でいることができないので、悩み抜いてブックスキャナを買ったのだ。5000円以上する専門書だろうが、新品が流通していれば私は新品の本を買う。図書館の本は汚くて触れないし、そもそも図書館に行く体力もない。古本を家に置くことも嫌なのだが、業者に頼む自炊は違法だというので、わかったようるせえな自力でスキャンすりゃいいんだろう、と腹を決めた。違法と言ったって未成年の飲酒・喫煙、あるいはコミケの2次創作同人誌くらいのレベルのことなのに、つまり潔癖症なのだ。

レポートはどうにかなっても、卒論となると古本を回避しきれない。

表象文化論ゼミのフォーラムで近々テーマ発表の順番がくる。まだ卒業研究のテーマ決めに迷っている。ワーグナー『ニーベルングの指環』の侏儒アルベリヒに見られる反ユダヤ表象について? それとも、『モナ・リザ』スプレー事件の米津知子と岩間吾郎の当事者文学をフェミニスト・ディスアビリティの視点から論じるか。

米津知子はポリオの後遺症で装具を付けた右足を引き摺っていたリブ活動家だ。重なり得ないと嘯《うそぶ》きつつも、東京国立博物館にやってきたモナ・リザに赤いスプレーを引っ掛けようとした彼女には、少なからず共感する。当時、中絶規制の法改定の動きを巡って、障害者を産みたくない女性団体と殺されたくない障害者団体が激しくぶつかり合っていた。殺す側と殺される側のせめぎ合いは「中絶を選ぶしかない社会」を共通のヴィランとすることでアウフヘーベンして障害女性のリプロダクティブ・ライツにまで辿り着き、安《あ》積《さか》遊《ゆう》歩《ほ》のカイロ演説を生んだ。１９９６年にはやっと障害者も産む側であることを公的に許してやろうと法が正されたが、生殖技術の進展とコモディティ化によって障害者殺しは結局、多くのカップルにとってカジュアルなものとなった。そのうちプチプラ化するだろう。

だったら、殺すために孕《はら》もうとする障害者がいてもいいんじゃない？

それでやっとバランスが取れない？

健常と障害の間で引き裂かれる心の苦悩をモナ・リザにぶつけた米津知子の気持ちそのものに重なることはできない。だが私なりにモナ・リザを汚したくなる理由はある。博物館や図書館や、保存された歴史的建造物が、私は嫌いだ。完成された姿でそこにずっとある古いものが嫌いだ。壊れずに残って古びていくことに価値のあるものたちが嫌いなのだ。生きれば生きるほど私の身体はいびつに壊れていく。死に向かって壊れるのではない。生きるために壊れる、生き抜いた時間の証として破壊されていく。そこが健常者のかかる重い死病とは決定的に違うし、多少の時間差があるだけで皆で一様に同じ壊れ方をしていく健常者の老化とも違う。

本を読むたび背骨は曲がり肺を潰し喉に孔を穿《うが》ち歩いては頭をぶつけ、私の身体は生きるために壊れてきた。

生きるために芽生える命を殺すことと何の違いがあるだろう。

濡れた手すりに掴まりシャワーチェアに腰を下ろす。

身に着けているのは不織布マスクだけ。須崎さんとの時も、全裸にマスクって変態ぽいなと常々思っているのだけれど。

紺の半袖のポロシャツに短パンの田中さんがシャワーを出して足元からかけはじめる。両足を入れた洗面器に湯が溜まっていく。私が浴室に入ってくる前に一度シャワーを温めているので確かに丁寧な仕事ぶりだ。

脚から腹に、胴、肩、後ろに回って背中。コルセットをしていないので身体が潰れないよう私はシャワーチェアの縁を摑んだ両腕を突っ張り棒にしてじっとしている。シャワーを一旦置くと、ボディタオルに石鹸を泡立ててから田中さんは私の肩を支えた。ボディタオルで擦られる右腕、左腕、それは骨に皮が張り付いているだけの支柱だ。胸、それはコルセットに押さえつけられて充分成長することがなかった更地だ。浮き出た肋骨《あばらぼね》に茶色い乳首がくっ付いているだけ。ミキオが巨乳の女を抱きづらいと思うのは、ミキオの母親が垂れない巨乳だったからだ。私の母がそうだったからだ。ヒロインの降板により主役の座に躍り出た肋骨は、はりきりすぎて切り立った絶壁のように突き出し、その下に腰はない。私の上半身は宙に投げ出され、骨盤の左端は抉《えぐ》れた脇腹を突き刺している。

背中。左脚。右脚。足の裏と、足指の間。

くまなく石鹸の泡を塗りたくり終えると、再びシャワーヘッドを取って洗い流していく。喉の気切口に水が入ったら事故になる。田中さんは鎖骨に手のきわを当ててカニューレに飛沫がかからないようにした。おそらく自宅隔離中の須崎さんからアドバイスのＬＩＮＥが来たはずだ。

私は田中さんの顔を見なかったし表情に興味もなかった。同じくらい田中さんも私の身体に興味などないだろう。施設や病院という抑圧された場における同意のない異性介助と違って、この状況は私が自分の意志で許可した。障害者は性的な存在ではない。社会が作ったその定義に私は同意した。自分に都合よく嘘を吐いて同意した。幸いにも、嘘がバレない程度にはマスクが顔を隠してくれるご時世だ。

最後の仕上げのために私は立ち上がる。すると、１６５センチの私は田中さんを見下ろすかたちになった。

田中順。34歳。１５５センチ。半年前に一度見た履歴書の数字を思い出してしまい、つい片目の下瞼がぴくりとした。名前まで思い出すことないのに。不可抗力的に彼は私を見上げざるを得ず、目が合ってしまったが、どちらも無表情を特に変えない。私はシャワーヘッドを渡してもらい、田中さんが横を向いている間にいつもの順序で局部を洗った。

フランツ・リストは１８５センチの長身で、その娘のコジマも大柄な女性だったと言われている。ワーグナーと妻コジマの身長差は15センチという説がある。ワーグナー自身の身長は１５０から１６７センチまでの幅をもって推定されているが、小柄だったのは間違いない。指環を呪う侏儒アルベリヒは同族嫌悪の産物かもしれない。

下世話なルッキズムを核とした卒業研究なんて許されるんだろうか?

ゼミのフォーラムの入力画面を前にして、キーボードに置いた左手はずっと動かない。

右腕は身体を支えるために使っているから私はブラインドタッチができない。

右の目の端では田中さんがベッドのシーツ替えをしていた。

微細な埃かダニが舞っているのか、気管の粘膜がざわついて、人には聞こえない程度の弱々しい咳が出る。咳き込んだ後はいつも、肺に湧いた痰を1時間に何回もの吸引で出しきるまで息苦しさが続くことになっている。たまに自分の髪の毛が気切口から気管内に入ってしまって、髪の毛は線毛に送られ食道の方へ蛇のようにずるずるとのぼって喉頭の蓋を越えていくのだが、その間ずっと息もできないほど咽せて苦しむ日もある。

「1個、訊いていいですか」

唐突に田中さんが言った。

回らない首の代わりに視線をそちらにやった。

「セラピストって、どうでしたか」

田中さんはベッドを向いたままこちらを見ずに言った。

セラピスト——。

私のiPhoneの文字変換予測に出てくるセラピストは、女性用風俗の施術師を意味している。その言葉を使ったツイートを3ヶ月ほど前にした覚えがある。

〈両親もいなくなったので女性用風俗でも調べはじめるか。セラピスト……〉

いや、そのセラピストのことを言っているはずはない。

「〝紗花《しゃか》〟ってアカウント、井沢さんですよね」

線毛運動に送り出されてカニューレに込み上げた痰がごふりと息を塞いだ。

「読了記録とグループホームっていう単語で特定できますよ」

吸引器《ミニック》のスイッチを入れ、6Frの吸引カテーテルを吸引器のコネクタに嵌めて手鏡の中でカテーテルの先をカニューレに突っ込む。何度か「抽送」して気管内の痰を釣り上げるように吸う。抽送という言葉は日本ではポルノ作家しか使わないが、輸入元の中国では17世紀の奇書『金瓶梅』以前からある由緒正しい猥語らしい。

私の脳内は酸欠の時もそうじゃない時もこういう感じだが、実生活ではうら若く真面目で寡黙な障害女性井沢釈華さんを通していて、だからこそBuddhaと紗花は下品で幼稚な妄言を憚《はばか》りなく公開しつづけられた。蓮のまわりの泥みたいな、ぐちゃぐちゃでびちゃびちゃの糸を引く沼から生まれる言葉ども。だけど泥がなければ蓮は生きられない。

次の痰が肺から上がってくるまで空になった気道から声帯に息を通すために私は親指でカニューレの穴を塞ぐ。

「まだ呼んでません」

敷いたシーツの皺を屈んで伸ばしながら田中さんがそれを聞いた。

「へえ。言うだけなんですね」

何だその言い方は。言うだけ番長とでも揶揄したいのか。

急に馴れ馴れしく何なんだ。裸を見たから、関係を変化させていいとでも勘違いしているのか？　シャワーヘッドとともに一瞬でも生殺与奪の権を握ったから気が大きくなっているのか？

肺の喘鳴を意識して呼吸した後、私はまた喉を押さえた。

「セラピストに興味が？」

「ないですよ。ノンケなんで」

ベランダに干してあった枕と夏用の布団を取り込みに行き、戻ってきた田中さんに私はやや大きめの声を投げる。

「じゃあ何なんですか?」

どう考えても、このシチュエーションは脅迫にしか行きつかない。ただ、破廉恥なアカウントを質に脅迫されて失うものが私には殆どないのだが……。

「でもセラピストじゃ妊娠はさせてくれないですよね」

枕を整え、大判のタオルをその上に広げ、避《よ》けてあったピンクの吸引器《スマイルミニ》を置き直す。

「そうなの?」

深く考えていなかった盲点にびっくりし、むきになって私は言った。「表向きダメでも裏オプあるんじゃないの?」

だって男性用の風俗ならあるじゃん……。

「そんなに妊娠したいんですか。ああ、中絶だっけ」

珍しく田中さんの声から感情が読み取れた。こいつを徹底的に馬鹿にして蔑みたいという感情が。

「田中さんだってあるでしょう。どうしても欲しいものとか、したいこととかは」

床に積まれていたシーツとタオルとパジャマは両手で抱え上げられてこれから洗面所の洗濯機に放り込まれる。夜ごとに私の泥を吸っているそれらを男の手で触られることが今さら耐えがたくなってきた。

「まあ」

「それは何？」

「井沢さんが持ってるくらいの金ならほしいです」

デスクの前で立ち止まり、初めて会話の相手の顔を見て彼が答えた。

「どうやって使うの？」

「わかんないけど。寄付以外ですね」

繰り返された嫌味に息苦しさを感じている私をしりめに廊下の境まで歩いていくと、田中さんは追いオリーブオイルみたいな緑色の粘液をマスクの中でこれから発する言葉にふりかけるだけの一瞬、出ていくのを遅らせた。ストレスで緑膿菌に負けてしまうとそういう色の痰が出るのだ。

「そんなに金持ってれば、セラピストも裏に頷くかもですね」

私は気にしなくても、向こうは嫌だったのだろう。断れなかったんだろうか。断ってくれれば良かったのに。攻撃性を隠しきれなくなるほどのストレスを私の入浴介助で感じたのなら可哀想だ。だけど紗花のアカウントを覗いていたのは昨日今日の話じゃなさそうだ。ならば私の裸の身体にはどのくらいの重みがあったのか。

田中さんは金のためと割り切って重度障害女性の入浴介助に入り、見たくもない奇形の身体を洗っている時も、金の塊を磨いているつもりだったのだろう。親の遺産で生きている私という人間が不労所得の金の塊にでも見えているのだろう。

でもそれは手に入らない金だ。

彼の言葉は赤いスプレーなのだ。

とすると私はモナ・リザということに――。

デスクの縁を両手で摑み私は右肺をコルセットの壁で圧し潰す勢いで咳をした。粘着性の高い痰が詰まって潰れた肺胞に空気が入らない。空気が入らなければ痰は排出されない。ずっとそこに居続ける。アンブロキソールもカルボシステインもおまじない程度にしかならない。――釈華ちゃん、もっと水分を摂らないとだめよ。

肺胞の膨らみを保ち痰を柔らかくするはずの肺サーファクタントの分泌が涸れてる。違う。違うよ、ママ。もうそんな問題じゃない。私はもう生きすぎちゃったから。骨も肺も潰れすぎちゃったから。間違った設計図で生きすぎちゃって、それなのに大人になるのは遅かった。

普通は8Frが標準であって手術用でしか使われないらしい6Frの、パスタで言えばカッペリーニみたいな吸引カテーテルを気管支の奥まで、最奥まで、肺の方まで届くくらい突っ込んで出てこない痰を吸い上げ無理やり掻き出そうとする。いきむように咳をしても吸い上げても掻き出しても胸の奥の痰は排出されなくて、もしかしたらこんなふうに私の子どももとてもとても頑固に抵抗して吸われても掻き出されても胎の奥から出て来ようとはしないかもしれないと怖くなった。

さっきトイレに行ったら赤い糸が垂れていたから、身体に水分が足りないのはそのせいだ。昨日からなってしまわなくて良かった。あと6日もすれば妊娠しやすい周期が来て、初潮が遅い者は閉経が早いという俗説に従えば、私が人間になれるチャンスはもうそれほど多くない。

私を通して金しか見ていない奴のことは、私も金を通してしか見ない。

社会とはそういうものだろう。

だから、6日後を大人しく待って私は田中さんに言った。

「いくらほしいんですか」

前置きなしでもコミュニケーションは正しく成立していた。何故ならわれわれは弱者同士だからだ。私は田中さんを弱者男性だなどと今まで思ったことはないが、自称で充分だ。うそ寒い長調の会話など奏でる才能のないわれわれは短調で、いや、シェーンベルクの不協和音のように枠を外して本音を語ることができる。無調《atonal》的に。

それが証拠に田中さんは何の話と訝《いぶか》しむようなテンポのズレを演じなかった。

「1億」

と田中さんは言った。

可愛らしい金額に鼻の奥が笑いたくて疼いた。私が自分の死後の使い道に思いあぐねている金額は、もうちょっと大きい。

「1億5500ではどう」

と私は喉を押さえて言った。

「田中さんの身長分です。1センチ100万。あなたの健常な身体に価値を付けます」

贈与税で半分持っていかれても、四捨五入すれば1億、と言えないこともない金額。その含みを理解できたとしても、悪意の方が印象に残る。

田中さんが蔑みのかたちに目を細めたのも無理はない。

「精子なら山之内さんだって持ってますよ。健常者の精子じゃないと嫌なんですか？」

なかなか痛いところを突かれた。

ただの嫌味のわりに、障害女性のコンプレックスの本質に接続してくる問いだ。

「違います。私の体力では上に乗れないんですよ。わかるでしょう」

置かれたばかりの昼ごはんのプレートをノートパソコンの蓋の上に避《よ》け、デスクの抽斗《ひきだし》から小切手帳と黄ばんだチェックライターを出した。たったそれだけの動作でも、力のない私の腕は、手首と肘とで、この原理を駆使して奇妙な動きを見せている。

「1億5500万円は要らないのですか？」

あらかじめ手元に用意しておいた銀行印でミシン目に割印して小切手用紙を切り離す。親の遺産を馬鹿みたいなことに使う罪悪感で手が震えていた。銀行印や通帳は、私しか知らない保管場所に普段は隠してある。合鍵を共有してヘルパーが出入りするグループホームではセキュリティのレベルなど高が知れているが、後生大事に金だけ守り通して何が残る？　どうせ私の生きたあとには何も残らない。

返事がないので電源タップにチェックライターのプラグを挿し、小切手用紙を本体にセットした。

テンキーを９回叩く。

「いつ？」

短く訊いて、田中さんは左手のベッドに視線をやった。

「いま」

振出人欄に署名し、押印した小切手を、相手側へ向けてぺたりとデスクに貼り付ける。

ゴミを見るような目で田中さんが数字の末尾に付いた※印を見下ろした。

「帰り際に寄りますよ。バレないように来ます」

私の体重では弾みもしないマットレスが左隣に腰を下ろした男の重さで沈んだ。

「『おいで』って言う男が嫌いなんですよね？」

ベッドの手すりに顔から外したマスクを干しながら田中さんが嘲笑う。

〈あれを言う男、虫唾が走るんだよね。テンプレだから私も書くけどさ〉

ＴＬ小説の仕事の愚痴を、プライベートなTwitterアカウントで無防備に垂れ流すからこういうことになる。それどころじゃなく、コタツ記事の成果物も、グループホームの住人たちの些細なゴシップをネタにしたブログも、R18サイトで不定期連載してるワセジョのＳちゃんの乱交日記も——私がこれまでネットに残してきた汚らしい分泌物の痕跡は、その気になれば紗花のアカウントから手繰ることが可能だ。Buddhaであり釈華、釈華でありながら紗花である私が創り上げた妄想世界の全てを、この男は知っている。なるほど休憩室でこいつが読んでいたのは、漫画ではない……。

零細アカウントの熱心な読者《ヲチャー》を前に身を竦めていると、田中さんが私の耳元に唇を寄せてきて囁いた。

「おいで」

田中さんとの子どもなら呵責なく堕胎できる。私は確信した。そして、スパダリが言おうが弱者男性が言おうが等しく私は「おいで」にむかつく。

「先に飲ませてください」

「井沢さんて飲むんですか。酒なんて見かけたことないけど」

「違う。精子」

「まずいですよ」

味が不味いですよなのか、２度も出せないからまずいですよなのか判然としない言い方だった。

田中さんはベッドの上に膝立ちになってベージュのチノパンのベルトを外しはじめる。ジッパーを下ろしたズボンとトランクスが同時に下げられると、だらりと萎えている毛むくじゃらの生殖器官が修正もなしに眼前に現れた。一日分の仕事をして汗に蒸れたそれは、私のKindleライブラリを埋め尽くす成人漫画に描かれたモブレ要員の局部とそう違わなかった。

長方形の味付け海苔か韓国海苔をハサミで縦に切って修正トーンみたいに貼り付けたくなるな。

親指と人差し指でつまみ上げて先端を口に含むと塩辛い味がした。ミステリ作家が実際に完全犯罪を起こすとしたらやはり、いちいち虚しくて哀しい感動を覚えるんだろうと思う。舌先で傷跡の有無を探ってみる余裕さえあって、微かな凹凸の感触から今でも自費で20～30万くらいする手術を5年以上前にやっているらしいことがわかった。保険適用のポピュラーな術式なら見た目で即バレるけどもっと安く済むはずだ。こういうところに金を使う人なんだ。縫い跡をすべて辿るつもりで懸命に舌を尖らせていたら頭を摑まれて無理やり口に押し込まれた。どうせゴミのように見下ろされていると思うと、目を上げる勇気は出ない。田中さんは自身か私のどちらに対してかはわからないがゆっくりと丁寧に両手で摑んだ頭を揺すぶった。そうされた方が私も楽だった。

彼がもしそのことを屈辱に感じていたとしたら可哀想だけれど、私の口の中でちゃんとそれは機能した。明らかに自分の唾液とは違う味が混ざってきている。

田中さんのルサンチマンを吸っている感じで、いい。

呼吸に喉から上にある鼻口を使わない私は、この行為に限っては窒息の心配がない機械もどきになれるのだった。だから抽送が次第に遠慮なく激しくなって、ちょっと女の子みたいに上ずった声で小さく♡を付けて呻きながら田中さんは思うまま私を揺すぶりつづけたあと喉の奥で動きを止め、吐精した。

それは良くない。

生温い粘液をほとんど飲み込めない。気管に流れていく粘液を私の弱い咳はちゃんと吐き出せない。さらに食道の境で引っ掛かった粘液に咽せて身体が折れる。そこが最も反射が敏感だから。

とっさに枕から引っ張ったタオルに白濁混じりの涎《よだれ》を垂らしながら咳き込む私を置き去りにして、田中さんの不規則に乱れる足音が遠ざかった。玄関の閉まる音がした。

ぶわぶわと肺から湧いて噴いた痰がカニューレから溢れた。

滅多にはここまで酷い咽せ方にならないとはいえ、そういうことにも慣れている私は息がまったくできないまま枕元に這い上がり寝転がって吸引をしてから呼吸器を装着する。

もしも電源が入らなければ死ぬけど。

肺が膨らみ、痰を泡立てる。

1時間くらい経ち人工呼吸器《トリロジー》のモニターに伸縮する気道内圧値のバー表示がいつも通りの振れ幅になった頃、吸引カテーテルを新しく替えようとして、ゴミ箱へ捨てる前に細い細い管の中のきらきら光る分泌物をスタンドライトに翳《かざ》した。

一匹、いくらくらいしたんだろう。

……メダカじゃあるまいし。

翌日の朝から熱が出てきて、右の肺が硬くなって小鼠が3匹くらい棲んでいる音がしていた。

こんな身体でも免疫系が強くて幼い頃から滅多に熱を出さない私はびっくりした。

COVID-19は陰性だったが、訪問医の判断でKS大学病院に入院することになった。ホームドクターに移行して縁が切れたと思っていた古巣に結局は戻るのか。私はKS大白菊会に献体の意志を登録しているから、死んだあとは必ずここのキャンパスには戻ってくるけど。

呼吸器の気道内圧アラームがひっきりなしにピッポパピペポと鳴った。

誤嚥性肺炎と診断が付いた。

3匹の小鼠が1匹出てくるまでに1日くらいかかって、その間に4匹増えている感じだ。肺の一画がアンロックされたかなと思ったら別のもっと多くの区画がロックされてしまっている感じ。胸部で嵐のように吹き荒《すさ》ぶ痰を地道に吸引しつづけるしか、なすすべがない。点滴と尿道カテーテルで勝手に水分が流動してくれるのはありがたい。

田中さんのルサンチマンが私の肺の中で炎症を起こしている。

翌日着替えを届けにきた山下マネージャはまだ痛そうに杖を突いていた。片脚をやや引き摺る歩き方に親近感を覚える。

「釈華さん大丈夫〜?　コロナじゃなくてよかった〜。うおお特別室って広いのね、やっぱ」

『ご心配をおかけしまして』

と、読み上げアプリの機械音声が答える。

iPhoneだけだと仕事も大学の課題もこなせないな、と早くも私は思っている。呼吸も排泄も外部装置がやってくれる。薬で熱が下がってしまうと、健康な普段とのギャップはそれほど大きくない。

「いま在宅訪問部で捕まっちゃって。安藤にさんざんペインクリニック勧められた」

山下さんもKSが古巣だ。

『行った方がいいですよ。休み取って行ってください』

「ありがとー。イングルサイドもあたしいなくても何とか回ったから良かった！」

『産後の腰痛って結構長引くんですね』

「ねー。ほんとキツいわ。6歳と3歳育てるだけでもキツいのにい」

立て掛けた杖をときどき倒しながら、山下さんはてきぱきと荷物をクローゼットに仕舞い、飲み物とかゼリーとか買って来よっか、と財布を手にする。COVID-19による面会制限はちょうど緩和されたばかりで、時間は10分程度と決められていた。

『あ、あと、ふりかけ』

「わかった。あ、治ってきたらさ、嚥下機能のリハビリも入れてもらおうね」

『えー。やったことないです』

「一度でも指導を受けておいたほうがいいよ。今までこんなことなかったんだし」

両親から私を託された山下さんは頼もしい。

それがどれだけ有難いことか、天涯孤独の無力なせむし《ハンチバック》の怪物である私はよく知っている。そうだよね。パパ。ママ。

私が自分で稼いだお金をすべて寄付するのは、この身に恵まれた多大な幸運を、暮らしに恵まれなかった人に返すためだ。頼もしい杖の音をたててコンビニに行った山下さんはついでにイエロー系のプリザーブドフラワーのアレンジメントを買って戻ってきて、窓辺を賑やかし、冷蔵庫をお茶のペットボトルで一杯にして、イングルサイドに帰っていった。

プライベートの概念なく昼夜通して人の出入りする病院では、真面目すぎる勉強も、いやらしい仕事用の読み書きもしにくいので、L・モンゴメリの〝Anne of Ingleside〟を iPhone で再読することにした。そう、清らかな井沢釈華さんは本来こういう人間だったのにね。

Inglesideはアンが愛する夫と子どもたちとお手伝いさんに囲まれて暮らす家の名だ。アン・ブックスを愛読していた少女時代は、まさか将来の自分がオールドミスになるとは露ほども思っていなかった。別に、皮肉でグループホームにその名を付けたわけじゃないのだけれど。

肺の小鼠が1匹に減った2日後、山下さんの頼みで田中さんが私の電動車椅子をイングルサイドから運んできた。ということは、あのことは誰にも知られていないし、田中さんも不審がられていない。

折り畳んだ車椅子と付属の荷物カゴを入口付近に寄せて置くと、手に紙袋を提げたまま田中さんは2秒だけ立ち尽くした。部屋を見ていたのか私を見ていたのかは、わからない。紙袋の中身は靴だ。

ガサリとも紙を鳴らさず取り出した靴をベッド脇の床に揃えて田中さんは立ち上がった。

私はInglesideの陶製の番犬ゴグとマゴグの描写にじっと目を凝らす振りをしている。

「何か用は」

枕の上で首を振った。

洗濯は院内サービスを使っているから持ち帰るものもない。

まだ呼吸器を外すこともトイレに行くこともできないので、退院はだいぶ先になるかも——当たり障りのない普通の話で間を潰す気にもなれない。そもそもイングルサイドで田中さんが担当の日に当たり障りない普通の話をした記憶がない。「何か用は」と訊かれたら黙って首を振る。それが田中さんと私の調性的《tonal》なコミュニケーションだった。

「死にかけてまでやることかよ」

ただ立っているだけで動きがなくマスク越しだから人形がぽつりと喋ったみたい

だった。

私はiPhoneを武器のように握り締めていた。

『田中さんは、お金のことだけ考えて』

機械音声も内心で呆れて棒読みになってしまうくらいダメな台詞を書いてしまった。ださくて弱い。まだ『あなたはお金のことだけ考えなさい』の方がいい。『帰ってきたら続きをしましょう』とか。ミサトさんぽく言えたらいいのだけど。

田中さんがお金のために胎児殺しの共犯者になってくれることを私はまだ諦めていなかった。諦めきれなかった。

あの日、田中さんが本当に来るかどうかわからなかったから小切手はデスクの抽斗に仕舞ってある。

私が不在の間にそれを取ってまんまとどこかへ逃げてしまうくらいのことならしてくれてもいい。

でも。

最初から何もなかったことにだけはしないでほしい。

田中さんにはもっと邪悪でいてほしい。

『私のことは憎んでくれていいから』

ＴＬ、というよりＢＬみたいな台詞だ。こんなフィクショナルな言葉で生身の男を説得できるとは思えない。

生身の社会的な身体を持てない限界を感じて私はiPhoneを防水シーツの上に放り捨てた。

「お大事に」

捨てられたiPhoneを見下ろしてそれだけ言うと、田中さんは背中を向けて特別室を出ていった。帰りの挨拶もせずに、担当の日と同じように。

iPhoneが？　私の病状が？　それとも……。

もちろんそれくらいの読解は、私でもできた。


田中さんは、私が退院する前に、イングルサイドを辞めた。

私は山下マネージャにとても申し訳ないことをしてしまったと思った。この人手不足のご時世に、彼女の心労を増やす結果を招いてしまったからだ。

「山之内さんがねえ、若い男の子に世話されるのが気に入らなくて辛く当たってたように思うのよ」

田中さんは若い男には見えるけど男の子という齢ではないのでは、と思ったが、これは相対的な感覚だろう。

開設前からの習慣で情報共有を義務のように感じているらしい山下マネージャは、退院時の荷物をあらかた片付け終わった私の部屋で、ベッドの傍に飾り用の椅子を引いてきて缶コーヒーを飲んだ。リハビリついでに私が病院のコンビニで買ってきておいて山下さんに差し入れしたものだ。膝には椅子に飾られていたぬいぐるみを載せている。別荘があったグアム島のデューティーフリーショップで大昔に買ったスヌーピーのぬいぐるみは、何度かクリーニングに出したがすぐに埃で黒ずんでしまう。

「女の人に世話されるのが当たり前と思ってるのよね。でもこっちとしては男の人の方が、特に重度の身体の人の世話はね……」

缶を口に当てながら首を伸ばすように窓の外を眺める動きから、今日は富士山がよく見える日であることがわかった。寝付いていると見えない景色だ。

「でも山之内さんだってストレス溜まるお身体だからね、生活に風を入れてってあげなきゃって気持ちはある」

私は真剣な顔で頷いた。

だが、特にアイデアは出さない。

私には責任が持てない。ダウングレードされた私の筋力では責任は持てない。

須崎さんが入ってきて「釈華さん、お昼ごはん起きて食べられるかしら」と訊いた。

食べまーす。

ミオチュブラー・ミオパチーは、使わないでいる筋力はすぐに衰えて、後から鍛えようとしても回復しない。昔は昇れていた階段ももう昇れないし、トイレに手すりを設置したら1年ほどで手すりなしでは立ち上がれなくなった。

だから涅槃の釈華は死に物狂いでベッドから立ち上がって、毎日毎日どんなに息が苦しくても夜になるまではデスクに座っている。紙の本を憎みながら紙の本に齧り付いている。

壁の向こうの隣人が乾いた音で手を叩く。私と同じような筋疾患で寝たきりの隣人女性は差し込み便器でトイレを済ませるとキッチンの辺りで控えているヘルパーを手を叩いて呼んで後始末をしてもらう。世間の人々は顔を背けて言う。「私なら耐えられない。私なら死を選ぶ」と。だがそれは間違っている。隣人の彼女のように生きること。私はそこにこそ人間の尊厳があると思う。本当の涅槃がそこにある。私はまだそこまで辿り着けない。

耳を傾ければ漏れ伝わる柔らかな韓国語の歌声と恋愛成就へ向かおうとするメロディがしだいに盛り上がっていく。入院中、暇にあかせてテレビを流す習慣がついてしまった私は、リモコンを探してデスクの抽斗を開けた。

テレビは点かなかった。

電池を入れ替えたリモコンにも反応せず、よくよく見つめると、テレビ本体の通電ランプが不自然にチッカチッカと明滅していた。赤色の点滅の意味をググる。故障のサインだという。

——使わないうちに壊れていた。
電源プラグを抜き差しに行く体力がないから諦めてリモコンを元の抽斗に仕舞う。
抽斗には1億5500万円の小切手が、そのまま入っていた。
そう。その憐れみこそが正しい距離感。
私はモナ・リザにはなれない。
私はせむし《ハンチバック》の怪物だから。

ゴグよ、終りの日にわたしはあなたを、わが国に攻めきたらせ、あなたをとおして、わたしの聖なることを諸国民の目の前にあらわして、彼らにわたしを知らせる。

その日、すなわちゴグがイスラエルの地に攻め入る日に、わが怒りは現れる。わたしは、わがねたみと、燃えたつ怒りとをもって言う。

わたしはみなぎる雨と、ひょうと、火と、硫黄とを、彼とその軍隊および彼と共におる多くの民の上に降らせる。

わたしはゴグと、海沿いの国々に安らかに住む者に対して火を送り、彼らにわたしが主であることを悟らせる。わたしはわが聖なる名を、わが民イスラエルのうちに知らせ、重ねてわが聖なる名を汚させない。諸国民はわたしが主、イスラエルの聖者であることを悟る。

主なる神は言われる、見よ、これは来る、必ず成就する。これはわたしが言った日である。

＊

待機部屋《マチ》の冷蔵庫にはいつもセブンのざる蕎麦とおにぎりとサンドイッチが詰め込まれている。冷たいおにぎりで腹を壊してから私は自腹でファミマのおにぎりを買って持ち込むことにしていた。おにぎりは週一しか行かなくなった本キャンの生協のがいちばん好きなんだけど。胡座をかいたふくらはぎの上のMacBookでやくたいもない文章を書き進めながらざらざらした梅干しの種で舌の側面の気持ちいいところを擦っていたらコールが入った。閉じたMacを鞄につっこんで、脱いだカーディガンを被せている隣に個室からしかめ面で戻ってきたRinちゃんが「紗花《しゃか》ちゃんセペ持ってなーい？」と視線ですがってくる。「ごめん私も切らしてる。千《セン》さんに買いに行かせな」仕切りの赤いカーテンをくぐって廊下に出ていく。体験入店のとき、奥から赤いスーツを着た侏儒が出てきそうな真っ赤なカーテンが気に入ったからとりあえずこの店でいいやと思ったのである。私はただ楽に稼ぎたいだけで、店も客も選り好みするつもりはない。Rinちゃんはそうでもないらしいのに、なんでいっつもゴム破かれちゃうんだろう不思議だ。

「紗花です、こんにちわ♡」

裏を返してくれる客が多いが、この客は一見だった。ネットの口コミを見て来たいわゆる後追い。顔が黄色く、毛が薄く、メガネをかけてるからノッポのミニオンに似ている。声もミニオンみたいに高い。ミニオンほど可愛くないんでミニオと呼ぶか。即即でNNがいちばん性に合っている気がして、店のプロフィール写真に符丁の☆マークを付けている私を指名するのは、儀礼じみた娯楽性を求めない客だ。Eカップの顔がいい女子大生とシャワーを浴びずにコンドームなしでヤって中出ししたい客。それがいちばん稼げるのだった。

「紗花ちゃん文学部なんだ。っぽいね〜」

ミニオはまず肩を揉ませてほしいと言う。ベッドのへりで膝の上に座って揉ませてやる。珍しいけど時々いないこともない。彼らはそういうフェチらしい。

「卒論か。文学部の卒論てどんなん書くの?」

政経と正直に言うとマジで引かれるので匙加減で文学部と言うことにしている私は、てきとうに答えた。

「デヴィッド・リンチ作品における障害者表象」

「へー。よくわかんないけど難しいネ」

当然のようにミニオの黄色い手は肩にとどまらず二の腕を拘束したげにがしがし

と摑んで下りてキャミソールの上からおっぱいを揉んだ。ミニオンって、手があったっけ？　長い？　短い？　どんな手？

「私もよくわかってないんです。提出間に合わないかもしんない」

スタートアップのSE要員を自称するミニオはキーボードの上を滑ることと嬢の乳首をコリコリすることしか能のなさそうな指で二つの乳首をコリコリつまみながら耳の穴に息を吹きかけてきた。さっきチャオプラヤ河の水上マーケットっぽい口臭がする客も耳のなかすごい舐めてたので舐めないほうがいいよ……？

「紗花ちゃん頭良くて美人なのに何で嬢なんかやってるの」

は？　嬢「なんか」？　嬢様って言えよ？

気持ち悪い人に気持ち悪いことをされると気持ち良くなってしまう癖があって、私はミニオの変な声で囁かれてぞくぞく震えながら答えた。

「学費のためです」

耳の下からうなじにかけてを遠慮なく舐めてミニオが同情ぶった変な声を出す。

「苦学生なんだ、かわいそうに。ご両親は何やってる人？」

「うん……」

「ごめんね。嫌なこと思い出したカナ？」

おじさん構文ノーワクチンのミニオがキャミを上に引っ張り上げて脱がす。しかし今日ちょっと寒いな、と私のおっぱいが不平を漏らす。

「お兄ちゃんが刑務所に入ってるんです」

「え」

「私が中学のとき。それでお母さんもおかしくなって変な宗教にハマっちゃって」

「うっわ……」

「家のお金ぜんぶ宗教に寄付しちゃって。でも母は学歴コンプがあったんで学資保険だけは無事だったんですよ」

なので私は勉強だけ頑張って推薦とかじゃなく試験一発で志望大学入って、4年生になって金が足りないのは主にホスの担《たん》のせいですわ。担から今日もLINE来てない。ひど。代わりに先週ハプバで知り合った商社の人からOB訪問の誘いが来てた。どうせホテルに行くだろうし私も行きたい。

こんなにセックスが好きになっちゃったのも担から仕込まれたせいだ。恨む。

「まあ、足りないよね。あ、紗花ちゃんに全身リップしてほしいなあ」

ミニオはたかだか3、4枚程度のKOの先生を使って私の身体を好きに弄ぶことで学業に貢献する気になっている。黄土色のクソが。

「お兄さん何しちゃった?」

寝かせたミニオに跨って脇の下を舐めているときに訊かれた。つっこんで訊いてくる客と訊いてこない客がいる。つっこみながら訊いてくる奴もいるし。

「女の人を殺しちゃったの」

「へえ……」

「新卒で入った会社でいじめられて半年で辞めて、1年くらいふらふらしていたけど、介護士の資格を取って特養に勤めて。2年続けたあと同じ法人がやってるグループホームの世話人？　の仕事に移って。そこの利用者さんを殺しちゃったの」

ぅえ〜とか、はぁ〜とか不明瞭な相槌にはイコライザをかけてはっきりさせたくなるのだけれど、大体の客はこういう反応だ。

「首を絞めて通帳と印鑑の場所を言わせて、それを持って逃げて……すぐ捕まるに決まってるのにね」

「大変だったねえ」

全身リップのほうが疲れて大変だぞ。

玉のぎりぎり近くの内股からめっちゃエロめの息継ぎの「はぁっ」とともに顔を

上げて、私はにっこりと笑った。

「お客さんみたいな人といると、つらいことぜんぶ忘れられるの」

ミニオが落ちた。ダブチの側面のチェダーチーズみたいに目尻と口角がとろけた。

「紗花ちゃん最高だね」

と言いながら中指を入れてくる。そのままひっくり返され、おっぱいにむしゃぶりつかれた。

尺はいいのか？　お掃除させたい派か？

「もうすっごい濡れてんね」

「お客さん優しいから……」

べつだん他の客と変わりない粗雑な乱暴さで引っ掻きまわされたそこに、問答無用でつっこまれた。担から3日連絡がなくてイラついてる私は史上最高に感じてる女の子の声が出せた。オペラだったらコロラトゥーラ。担とした次の日は幸せだけどブサ客とのギャップで鬱になってくから病人みたいな小さい声しか出ない。ぜんぶ担が悪い。恨む。担《たん》のせいで私はいつも胸が苦しくて不幸せだ。不幸せが高じると担とのセックスをループ再生してやり過ごすからついに脳イキできるようになった。

担は顔が好き。

でも商社の人はテクとリズムが経験にないくらい良かった。

商社の人に乗り換えたら幸せになれるのかな。

アルマンド入れなくても優しくしてくれるのかな。

「NN好きな女の子は推せるよね。だけどさ、馬鹿なシングルマザーになって貧困再生産しないように気をつけるんだよ」

「うん、大丈夫です」

嘘。ピルは身体に合わなくてもう飲んでない。

「卒論頑張ってね」

「はい」

「出すよ」

「はい」

真っ白な天井にダウンライトの単眼が明るく光って私を見下ろす。私は光を見つめる。光の向こうに蓮の花が咲く。泥の上に咲く涅槃の花だ。

兄が殺した女の人の少し変わった名前と少し変わった病名を、私は今でも覚えていた。

中学2年だったあの頃も私は毎晩のように魘《うな》されていたけれど、今でもずっと考えている。その人が最後の日まで思っていたことと、その人が最後の夜に見ていたもののことを。

私の紡いだ物語は、崩れ落ちていく家族の中で正気を保って生き残るための術だった。

彼女の紡ぐ物語が、この社会に彼女を存在させる術であるように。

私に兄などなく、私はどこにもいないのかも。

泥の中に真白く輝かしい命の種が落ちてくる。

釈華が人間であるために殺したがった子を、いつか／いますぐ私は孕むだろう。

引用文献　日本聖書協会　口語訳聖書
　　　　　エゼキエル書38‐39から抜粋

初出　「文學界」二〇二三年五月号

装画　Title: mohohan
　　　Year: 2020
　　　Photo: Ina Jang / Art + Commerce

装幀　大久保明子

市川沙央　いちかわ・さおう

一九七九年生まれ。早稲田大学人間科学部eスクール人間環境科学科卒業。筋疾患先天性ミオパチーによる症候性側彎症および人工呼吸器使用・電動車椅子当事者。本作で第一二八回文學界新人賞を受賞し、デビュー。

ハンチバック

二〇二三年六月三〇日　第一刷発行
二〇二三年七月三〇日　第六刷発行

著　者　市川《いちかわ》沙央《さおう》
発行者　花田朋子
発行所　株式会社　文藝春秋
〒一〇二-八〇〇八
東京都千代田区紀尾井町三-二三
☎〇三-三二六五-一二一一
印刷所　大日本印刷
製本所　大口製本

ISBN978-4-16-391712-2